CB0066692

NOS

Tradução e apresentação
ANA CAROLINA MESQUITA

VIRGINIA WOOLF

MRS. DALLOWAY EM BOND STREET

APRESENTAÇÃO

Talvez sem grande exagero pode-se dizer que uma das obsessões de Virginia Woolf versava em torno de uma ocasião social específica: a festa – ou antes, em suas palavras, a *teatralidade* da festa. Em 27 de abril de 1925, após concluir o romance *Mrs. Dalloway* e enquanto aguardava ansiosa pela sua publicação, assim ela escreve em seu diário:

> "Mas minha atual reflexão é que as pessoas têm um número infinito de estados de consciência: & eu gostaria de investigar a teatralidade das festas, a teatralidade do vestido &tc. O mundo da moda no estúdio dos Beck – Mrs. Garland estava lá supervisionando uma sessão – com certeza é uma delas; onde as pessoas produzem um invólucro que as conecta & as protege dos outros corpos estranhos, como

eu, que estou do lado de fora do invólucro. Esses estados são muito difíceis (obviamente tateio em busca de palavras) mas estou sempre voltando a isso."

O que parece interessar Virginia Woolf e fazê-la constantemente "voltar a isso" é uma espécie de mergulho psicológico tanto na situação específica da festa quanto no universo que a rodeia. Aí se situa o que ela chama de "teatralidade" das roupas e dos protocolos sociais, que muito informam sobre os valores e princípios da alta sociedade. Trata-se de uma espécie de superfície brilhante de que ela lança mão para contrastar com a subjetividade, tanto individual (de cada personagem) quanto coletiva (da sociedade da qual as personagens fazem parte) – e que ela coloca em contraponto especial com a guerra e a violência, quer de modo oblíquo ou declarado. Tal investigação dessa "teatralidade" não se limita, logicamente, à festa (estando presente em sua obra também em retratos de outras ocasiões sociais, como o chá da tarde), mas é nela que encontra um grau elevadíssimo de expressão. Possivelmente porque, enquanto acontecimento, a festa configura um microcosmo por excelência, atravessada que é pela beleza, pela celebração, pelas aparências e pela confirmação de pertencimento social – e portanto, em sua outra face, pela melancolia, pelo lamento e pela exclusão.[1]

---

[1] O tema da característica dupla de alegria e desolação da festa é antigo na literatura: um exemplo notório é o da *commedia dell'arte*, no século XVI, em que o amor desconsolado de Pierrot por Colombina era encenado nas ruas de Veneza durante o Carnaval.

No manuscrito que contém as anotações da composição de *Mrs. Dalloway* temos a seguinte inscrição, de 6 de outubro de 1922:

> "Ideia de iniciar um livro a ser chamado, talvez, de Em Casa: ou A Festa:
> Será um livro curto, com seis ou sete capítulos, cada qual com uma existência separada, completa.
> Mas deverá haver alguma espécie de fusão!
> E todos irão convergir na festa, ao final."

Embora Woolf viesse a modificar significativamente o projeto do romance, o importante aqui é perceber que na sua própria gênese está a ideia da festa.

Talvez isso explique por que, entre 1922 e 1925, Woolf tenha escrito uma série de contos sobre o tema, mais ou menos ao mesmo tempo em que redigia *Mrs. Dalloway* (cujo título de trabalho era *As horas*). Dois deles, como é o caso de "Mrs. Dalloway em Bond Street", foram criados antes ou simultaneamente ao livro; outros cinco surgiram logo em seguida à sua conclusão, como histórias independentes que ora versam em torno dessa temática, ora a ampliam.

Não era típico de Virginia Woolf demorar-se no universo de nenhum de seus romances após terminá-los. Via de regra, os períodos imediatamente seguintes ao encerramento de um romance vinham acompanhados de um profundo esgotamento e, com frequência, silêncio e depressão. A fim de recuperar-se, ela preferia dedicar-se à escrita de não ficção ou planejar outro romance. O fato de que, após concluir *Mrs. Dalloway* – livro que lhe exigiu muitíssimo – ela tenha escrito histórias que se desmembram da festa de Clarissa, ou giram em torno da personagem, é, portanto, um indício do tamanho da fixação da escritora. Como comenta a pesquisadora Stella Nichols,[2] *Mrs. Dalloway* acaba, mas a festa prossegue, para além do romance.

Escrito em 1922, o conto "Mrs. Dalloway em Bond Street" foi inicialmente pensado para servir de primeiro capítulo para *Mrs. Dalloway*. Woolf, no entanto, abandona-o enquanto tal e dá-lhe independência de obra, publicando-o como conto em julho do ano seguinte na *Dial*. Impressionam, porém, as semelhanças entre o primeiro capítulo do romance e este conto. Para começar, Woolf resgata duas personagens que

---

2 Organizadora do volume *Mrs. Dalloway's Party*, que contém os sete contos que Virginia Woolf escreveu em torno da festa de Clarissa Dalloway.

haviam aparecido em 1915 no seu primeiro romance, *A viagem*: Clarissa e Richard (Dick) Dalloway (com a diferença de que no conto Richard não é presentificado e existe apenas nos pensamentos de Clarissa). A primeira frase é praticamente idêntica, mudando somente o objeto pelo qual Clarissa se lança por Londres para comprar: no conto são luvas, no romance flores. A marcação do tempo também é feita pelo Big Ben – embora no romance isso não ocorra unicamente por ele, mas por toda uma profusão de relógios. As marcas estilísticas são evidentes, com o mergulho na mente de Clarissa e o uso do discurso indireto livre – ressaltando-se que no romance esse recurso será muitíssimo mais aprofundado e amplificado, usado inclusive para conectar pessoas distintas e momentos afastados no tempo. No conto também aparece a explosão do escapamento de um carro que a todos assusta e faz relembrar a guerra, mas nele a explosão ocorre no final e tem pouco destaque, enquanto no romance constitui um evento de grande importância, trazido já nas páginas iniciais. Alguns trechos permaneceram quase iguais: a passagem do furgão da Durtnall, a conversa com o amigo de infância Hugh, a parada na livraria para observar os livros na vitrine, a citação de Shakespeare (o bordão "Não temas mais o calor do sol" e o restante da canção fúnebre de *Cimbelino*, que costurará *Mrs. Dalloway* como uma canção fúnebre tocada em segundo plano aos mortos da guerra).

O conto é, compreensivamente, bem mais contido e restrito, mas há surpresas interessantes – uma delas é sem dúvida a citação da elegia "Adonais", de Percy Bysshe Shelley a John Keats, que já tinha aparecido nominalmente em *A viagem*.³ Essa elegia que não sai da cabeça de Clarissa empresta enorme peso à espécie de "trilha sonora fúnebre" subjacente ao conto, formando um lamento coletivo pelas perdas da Primeira Guerra Mundial que se contrapõe, insistente, persistente, à exigência de que a vida deve seguir adiante, de que as festas precisam ser dadas, as luvas compradas, os eventos retomados – ao mandamento de que, em suma, "já não se pode chorar". Um segundo antes que a atendente

---

3 "I don't quite agree, Richard", said Mrs. Dalloway. "Think of Shelley. I feel that there's almost everything one wants in 'Adonais'." ("Não concordo, Richard", disse Mrs. Dalloway. "Pense em Shelley. Sinto que quase tudo que se pode desejar está contido em 'Adonais'.") O trecho do poema citado no conto segue assim: "Do contágio da lenta mácula da terra/ Ele está a salvo e já não pode um coração/ Que esfriou chorar (...)." (Trad. Péricles Eugênio da Silva Ramos).

lhe traga sua luva, Clarissa chega mesmo a pensar, com todas as palavras, "Milhares de rapazes tinham morrido para que as coisas pudessem seguir em frente", e, em seguida, torna-se novamente aprisionada no fluxo das providências imediatas, das luvas francesas com botões de pérola, das cadeiras e tíquetes de chapelaria a encomendar. Afinal, a guerra tinha acabado – menos, é claro, para quem perdera algo ou alguém: no caso, toda a Inglaterra.

O contraste entre o imperativo de comemorar a alegria de estar vivo, tão compreensível naquele momento, e a desolação pelos que se foram num conflito sem sentido – que agora nem pranteados podiam ser mais, posto que não havia mais tempo para lamentações e era necessário olhar para diante – é o aspecto mais comovente deste conto. Paradoxalmente é também o mais sutil, já que, em Woolf, o que é mais violento e pungente só se narra de modo oblíquo, nunca aberto.

Neste conto, o simples existir depois de uma tragédia parece em si algo violento. Significa carregar a culpa por ter sobrevivido, e, ao mesmo tempo, os fantasmas dos que se foram. No entanto, essa mesma sobrevivência simboliza também o respiro de alívio: o êxtase de simplesmente viver, e de exigir um futuro melhor. "Como alguém é capaz de dar uma festa depois que o mundo se despedaçou?" é a pergunta que nos fazemos e que não tem resposta simples, pois igualmente poderia ser formulada ao contrário: "E como não dar uma festa depois disso?".

ANA CAROLINA MESQUITA

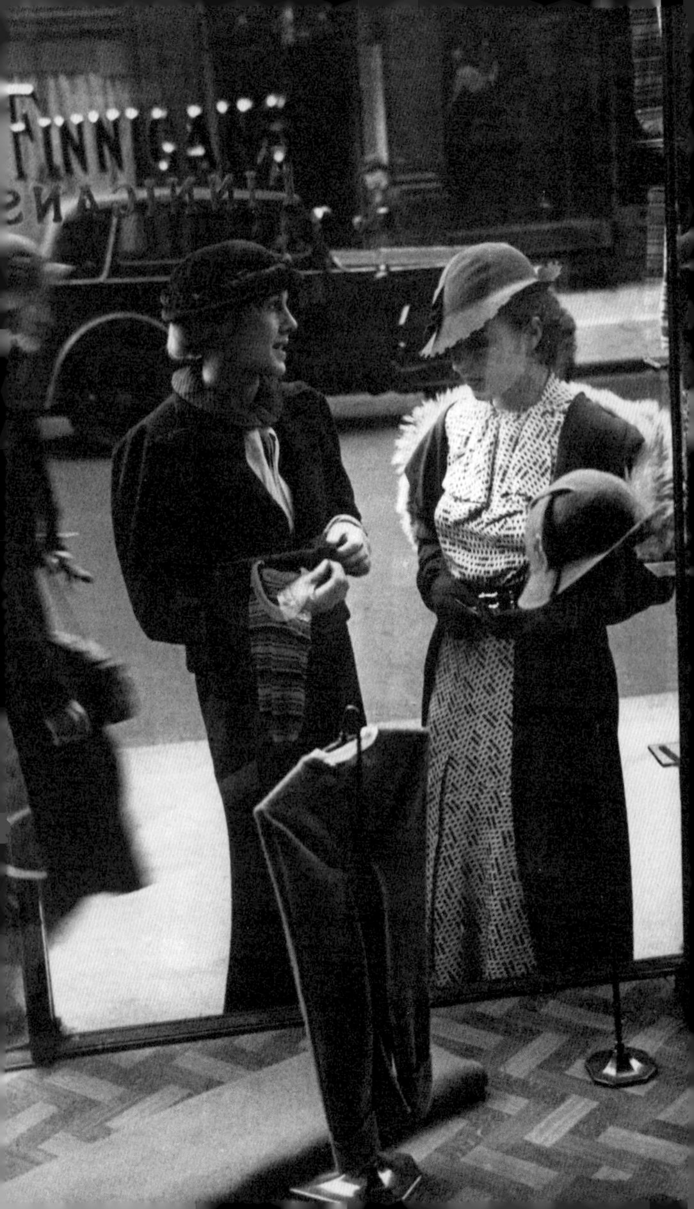

MRS. DALLOWAY EM BOND STREET

Mrs. Dalloway disse que ela mesma iria comprar as luvas.

O Big Ben batia as horas quando ela pisou na rua. Eram onze, e a hora ainda por gastar era tão nova como se feita para crianças na praia. Mas havia qualquer coisa de solene no oscilar deliberado das batidas repetidas; algo que se agitava no murmúrio das rodas e no roçar dos passos.

Sem dúvida, nem todos estavam às voltas com tarefas alegres. Há muito mais a dizer a nosso respeito do que simplesmente que caminhamos pelas ruas de Westminster. E o Big Ben também não passaria de pinos de aço consumidos pela ferrugem, não fosse a dedicação do Ministério de Obras Públicas de Sua Majestade. Apenas para Mrs. Dalloway o momento era completo; para Mrs. Dalloway junho era novo. Uma infância feliz – e não foi apenas para as filhas que Justin Parry parecera um bom sujeito (fraco, é claro, no tribunal); flores à noitinha, a fumaça subindo; o grasnido das gralhas lá do alto, caindo e caindo pelo ar de outubro – não há nada como a infância. Uma folha de hortelã a traz de volta: ou uma xícara de borda azul.

Pobres desgraçados, suspirou ela, e apertou o passo. Ah, bem debaixo do focinho dos cavalos, seu diabinho! e lá ficou na calçada com a mão estendida, enquanto Jimmy Dawes sorria do outro lado.

Uma mulher encantadora, digna, ávida, estranhamente grisalha tendo em vista aquelas faces rosadas, foi assim que a viu Scope Purvis, CB,[1] seguindo apressado para o escritório. Ela se empertigou ligeiramente, esperando o furgão da Durtnall passar. O Big Ben bateu a décima; e a décima primeira badalada. Os círculos de chumbo se dissolveram no ar. O orgulho a manteve ereta, legatária, firme, familiarizada com a disciplina e o sofrimento. Como as pessoas sofriam, como sofriam, pensou, lembrando-se de Mrs. Foxcroft ontem à noite na embaixada, coberta de joias, o coração despedaçado, porque aquele belo rapaz tinha morrido, e agora a velha mansão (o furgão da Durtnall passou) iria para as mãos de um primo.

"Muito bom dia!", disse Hugh Whitbread, erguendo o chapéu um tanto extravagantemente perto da loja de louças, visto que eles

---

1 Abreviação de "Companion of the Bath", ou cavaleiro da Ordem do Banho. A Ordem do Banho é uma ordem nobiliárquica da cavalaria para prestação de serviços de alta importância. Dotada de uma divisão civil e outra militar, apresenta a seguinte hierarquia: Knight Grand Cross (GCB), Knight Commander (KCB) e Companion (CB). O nome se deve à lavagem ritual a que são submetidos seus membros, inspirada no rito do batismo cristão e simbolizando purificação espiritual. [N. T.]

se conheciam desde crianças. "Para onde está indo?"

"Adoro caminhar por Londres", disse Mrs. Dalloway. "Sinceramente, é melhor que caminhar no campo!"

"Acabamos de chegar", disse Hugh Whitbread. "Para consultar médicos, infelizmente."

"Milly?", disse Mrs. Dalloway, compadecendo-se de imediato.

"Não vai muito bem", disse Hugh Whitbread. "Sabe como é. Dick está bem?"

"E como!", disse Clarissa.

Claro, pensou ela, seguindo caminho, Milly tem mais ou menos minha idade – cinquenta – cinquenta e dois. Então provavelmente é *isso*. O comportamento de Hugh o dissera, o dissera perfeitamente – o querido e velho Hugh, pensou Mrs. Dalloway, lembrando-se divertida, grata, emocionada, do quão tímido Hugh sempre foi, como um irmão – antes morrer que falar com um irmão –, quando estava em Oxford e vinha de visita, e talvez um deles (maldita seja a coisa toda!) não conseguisse andar a cavalo. Como as mulheres podiam ter cargos no Parlamento? Como podiam fazer coisas com os homens? Pois existe um instinto extraordinariamente profundo; algo dentro de si, que não se pode superar; é inútil tentar; e homens como Hugh o respeitam sem que se diga nada, e é isso o que amamos, pensou Clarissa, no querido e velho Hugh.

Ela passara pelo Arco do Almirantado e viu no fim da rua vazia de árvores esquálidas o montículo branco do monumento a Vitória, a maternidade esvoaçante de Vitória, sua amplitude e simplicidade, sempre ridículas, porém tão sublimes, pensou Mrs. Dalloway, recordando-se de Kensington Gardens e da velha senhora com óculos de chifre e da babá mandando-a ficar parada sem mexer um dedo e saudar a rainha. A bandeira esvoaçava acima do palácio. Quer dizer que o rei e a rainha estavam de volta. Dick almoçara com a rainha outro dia – uma mulher extremamente agradável. Isso tem grande importância para os pobres, pensou Clarissa, e para os soldados. Um homem de bronze assomava heroicamente sobre um pedestal com um fuzil à esquerda – a guerra sul-africana. Tem importância, pensou Mrs. Dalloway seguindo na direção do Palácio de Buckingham. Lá estava ele, quadrangular, sob a luz clara do dia, inflexível, sem adornos. Mas era o caráter, ela pensou; algo inato à raça; o que os indianos respeitavam. A rainha ia a hospitais, inaugurava bazares – a rainha da Inglaterra, pensou Clarissa, contemplando o palácio. Já numa hora dessas passava um carro pelos portões, os soldados o saudaram; os portões cerraram-se. E Clarissa atravessou a rua e entrou no parque, empertigada.

Junho trouxera consigo todas as folhas das árvores. As mães de Westminster com seios salpicados de luz e sombra davam de mamar aos filhos. Garotas respeitabilíssimas estendiam-se sobre a grama. Um senhor idoso parou muito rígido, apanhou um papel amassado, desamassou-o e o atirou longe. Que terrível! Noite passada na embaixada Sir Dighton dissera: "Se quiser que um sujeito cuide do meu cavalo, basta eu levantar a mão". Mas a questão religiosa é bem mais grave que a econômica, disse Sir Dighton, o que ela achou extraordinariamente interessante, vindo de um homem como Sir Dighton. "Ah, o país jamais saberá o que perdeu", disse ele, falando, sem que ninguém perguntasse, sobre o querido Jack Stewart.

Ela subiu agilmente o pequeno morro. O ar agitava-se cheio de energia. Mensagens eram transmitidas da frota para o almirantado. Piccadilly, a Arlington Street e o Mall pareciam friccionar o próprio ar do parque e erguer suas folhas com calor, com brilho, por sobre ondas daquela vitalidade divina que Clarissa tanto adorava. Cavalgar; dançar; ela adorava tudo isso. Ou dar longas caminhadas pelo campo, conversando sobre livros, sobre o que fazer da vida, pois os jovens eram admiravelmente presunçosos – ah, as coisas que dizíamos! Mas tínhamos convicção. A meia-idade é o diabo. Gente como Jack jamais o saberá, pensou; pois ele nunca pensou nem uma só vez na morte, nunca soube, assim disseram, que estava morrendo. E agora já não se pode chorar – como era mesmo? – uma fronte embranquecida... Do contágio da lenta mácula da terra... Beberam da sua taça uma ou duas rodadas antes.... Do contágio da lenta mácula da terra![2] Ela se empertigou.

Ah, mas Jack teria protestado! Citar Shelley, em Piccadilly! "Você perdeu um parafuso", ele teria dito. Odiava o desleixo. "Meu Deus, Clarissa! Meu Deus, Clarissa!" – ela podia ouvi-lo agora na festa da Devonshire House, falando da coitada da Sylvia Hunt com seu colar de âmbar e o velho vestido desmazelado de seda. Clarissa se empertigou porque tinha falado em voz alta, e agora

---

2 Citação do poema "Adonais, Elegia pela morte de John Keats", de Percy Bysshe Shelley. A estrofe XL do poema será citada em diferentes momentos do conto. "Do contágio da lenta mácula da terra/ Ele está a salvo e já não pode um coração/ Que esfriou chorar, nem fronte embranquecida em vão:/ Nem, quando o espírito sua luz por fim encerra,/ Pode com as cinzas sem faísca urna esquecida encher." Trad. Péricles Eugênio da Silva Ramos. [N. T.]

estava em Piccadilly, passando pela casa de colunas verdes esguias e varandas; passando pelas janelas dos clubes repletas de jornais; pela casa da velha Lady Burdett Coutt, onde antes havia pendurado um papagaio de louça branca; e pela Devonshire House, sem seus leopardos dourados; e o Claridge's, onde ela devia se lembrar que Dick queria que ela deixasse um cartão para Mrs. Jepson antes que ela se fosse. Que encantadores podem ser os americanos ricos. Lá estava o Palácio de St. James; parecendo um brinquedo de tijolinhos de criança; e agora – ela passara pela Bond Street – estava diante da livraria Hatchard. O fluxo era incessante – incessante – incessante. Lordes, Ascot, Hurlingham – o que era isso? Que coisa mais querida, pensou ela, olhando o frontispício de um livro de memórias aberto na vitrine, uma imagem feita por Sir Joshua talvez, ou

Romney;³ astuta, brilhante, recatada; o tipo de garota – como a sua Elizabeth – o único tipo *verdadeiro* de garota. E lá estava aquele livro absurdo, *Soapy Sponge*,⁴ que Jum costumava citar perto do jardim; e os *Sonetos* de Shakespeare. Ela os sabia de cor. Phil e ela tinham discutido o dia inteiro sobre a Dama

---

3 Sir Joshua Reynolds e George Romney, dois dos mais celebrados retratistas da época vitoriana. [N. T.]

4 Os amigos do personagem principal de *Mr. Sponge's Sporting Tour* (1835), de R. S. Surtees, o chamavam de "Soapey Sponge". Era um livro muito conhecido na época e talvez vw o mencione para chamar a atenção para um universo masculino e agressivo. Surtees também era exímio em descrever roupas, o que não deixa de ter ligação com o mundo de Clarissa Dalloway, com a diferença de que ele descrevia as masculinas. No conto "Mrs. Dalloway in Bond Street", o livro de Surtees é preterido por *Cranford* (1853), livro do mesmo período, mas escrito por uma mulher, Elizabeth Gaskell. [N. T.]

Morena,[5] e Dick disse na lata durante o jantar daquela noite que nunca ouvira falar dela. Sinceramente, ela se casara com ele por isso! Ele nunca tinha lido Shakespeare! Devia haver algum livrinho barato que ela pudesse comprar para Milly... *Cranford*, claro! Será que um dia já houve algo tão gracioso quanto a vaca de anáguas? Ah, se as pessoas tivessem esse tipo de senso de humor, esse tipo de dignidade hoje em dia, pensou Clarissa, pois ela se lembrava das amplas páginas; do fim das frases; das personagens – de que se conversava a respeito delas como se fossem

---

5 A Dama Morena ("Dark Lady") é uma mulher descrita nos sonetos 127 a 152 de Shakespeare, que assim ficou conhecida porque os poemas deixam evidente que tem crespos cabelos negros e compleição morena ("dun", castanha, parda). Por ela, o eu lírico diz quase ter enlouquecido, e seu caráter assume um lado bastante sensual. [N. T.]

reais. Para as grandes coisas é preciso ir ao passado, pensou. Do contágio da lenta mácula da terra... Não temas mais o calor do sol...[6] E agora já não pode chorar, não pode chorar, repetiu ela, passando os olhos pela vitrine: pois aquilo corria pela sua cabeça; a prova da grande poesia; os modernos nunca haviam escrito nada digno de ser lido sobre a morte, pensou; e virou-se.

Ônibus se juntavam aos carros; carros aos furgões; furgões aos táxis; táxis aos carros – ali vinha um conversível com uma garota, sozinha. Ficou acordada até as quatro, com os pés formigando, eu sei, pensou Clarissa,

---

6 Da canção fúnebre da peça *Cimbelino*, de Shakespeare. "Não temas mais o calor do sol/ Nem as iras dos invernos furiosos/ Cumpristes teu dever neste mundo/ (...) Saber, talento, realeza, tudo/ A isso deve chegar: tornar-se pó." [N. T.]

pois a garota parecia exausta, cochilando no canto do carro após o baile. E veio outro carro; e mais outro. Não! Não! Não! Clarissa sorriu amavelmente. A senhora gorda tinha se esmerado ao máximo, mas diamantes! orquídeas! a essa hora da manhã! Não! Não! Não! Quando chegasse a hora, o excelente policial ergueria a mão. Outro carro passou. Que coisa mais desagradável! Por que uma garota daquela idade rodearia os olhos de preto? E um jovem rapaz com a moça, a essa hora, quando o país... O admirável policial ergueu a mão e Clarissa, aquiescendo ante o seu gesto, atravessou sem pressa, caminhou na direção da Bond Street; viu a rua estreita e sinuosa, as flâmulas amarelas; os grossos fios dentados do telégrafo esticados contra o céu.

Cem anos antes seu tataravô, Seymour Parry, que fugiu com a filha de Conway, tinha caminhado pela Bond Street. Por cem anos

os Parry desceram a pé pela Bond Street, e
ali talvez tivessem encontrado os Dalloway
(Leigh pelo lado materno), que vinham subindo. Seu pai comprava roupas na Hill's.
Havia um cilindro de tecido na vitrine, e ali
uma única jarra sobre uma mesa preta, incri-
velmente cara; como o grosso salmão rosado
sobre o bloco de gelo na peixaria. As joias
eram deslumbrantes – estrelas cor-de-rosa e
alaranjadas, imitações, espanholas, pensou
ela, e correntes de ouro velho; fivelas estre-
ladas, pequenos broches que já tinham sido
usados sobre o cetim verde-mar de damas
com altos toucados. Mas chega de olhar!
É preciso fazer economia. Precisava passar
pela galeria onde estava exposto um dos
estranhos quadros franceses, como se lhes
tivessem atirado confete – azul e rosa – de
brincadeira. Quem conviveu com quadros
(e o mesmo vale para os livros e a música),

pensou Clarissa, passando diante do Aeolian Hall, não se deixa cair em uma troça.

O rio que era Bond Street estava entupido. Ali, como uma rainha em um torneio, ereta, régia, estava Lady Bexborough. Sentada em sua carruagem, altiva, sozinha, olhava através dos óculos. A luva branca estava folgada em seu pulso. Vestia uma roupa preta um tanto surrada, e no entanto, pensou Clarissa, como era extraordinariamente visível sua criação, sua dignidade, sem jamais dizer uma palavra a mais nem tolerar que as pessoas fizessem mexericos; uma amiga excelente; ninguém poderia achar falta nela depois de todos esses anos, e agora aí está ela, pensou Clarissa, deixando para trás a condessa que aguardava empoada, perfeitamente imóvel, e Clarissa daria qualquer coisa para ser como ela, uma dama de Clarefield, que falava de política como um homem. Mas ela jamais vai a parte alguma, pensou Clarissa, é inútil convidá-la, e a carruagem seguiu em frente e Lady Bexborough foi conduzida como uma rainha em um torneio, embora não tenha nada pelo que viver e o velho esteja nas últimas e digam que ela já estava farta daquilo tudo, pensou Clarissa, que levava os olhos cheios de lágrimas quando entrou na loja.

"Bom dia", disse com sua voz cativante. "Luvas", acrescentou com sua amabilidade admirável, e, pousando a bolsa no balcão, começou muito lentamente a abrir os botões. "Luvas brancas", disse ela. "Acima do cotovelo", e olhou diretamente para o rosto da atendente – mas essa não era a moça de que se lembrava, era? Parecia bem envelhecida. "Essas não servem", disse Clarissa. A atendente olhou para elas. "Madame usa pulseiras?" Clarissa esticou os dedos. "Talvez sejam meus anéis." E a garota levou as luvas cinzentas consigo até a extremidade do balcão.

Sim, pensou Clarissa, se é a moça de que me lembro, está vinte anos mais velha... Só havia uma outra cliente, sentada ao lado do balcão, o cotovelo apoiado, a mão nua pendurada, vazia; como uma figura num leque japonês, pensou Clarissa, talvez vazia demais, muito embora alguns homens a adorariam. A mulher balançou tristemente a cabeça. Mais uma vez as luvas eram grandes demais. Virou-se para o espelho. "Acima do pulso", ela repreendeu a mulher grisalha, que olhou e concordou.

Esperaram; um relógio tiquetaqueava; a Bond Street zumbia, abafada, distante; a mulher seguia segurando as luvas. "Acima do pulso", disse a cliente em tom lamentoso, levantando a voz. E ela teria de providenciar cadeiras, sorvetes, flores e tíquetes para a chapelaria, pensou Clarissa. Viriam as pessoas que ela não queria; as outras, não. Ela ficaria junto à porta. Ali se vendiam meias – meias de seda. Uma mulher se conhece pelas luvas e pelos sapatos, costumava dizer o velho tio William. E através das meias de seda penduradas, de seu prateado trêmulo, ela olhou para a senhora, os ombros caídos, a mão pendente, a bolsa deslizando, o olhar vazio fixo no chão. Seria intolerável que viessem mulheres malvestidas para sua festa! Gostaríamos de Keats, se ele tivesse usado meias vermelhas? Ah, até que enfim – ela se aproximou do balcão e veio-lhe à cabeça:

"Lembra-se que antes da guerra vocês vendiam luvas com botões de pérolas?"

"Luvas francesas, madame?"

"Sim, eram francesas", disse Clarissa. A outra senhora levantou-se desolada e apanhou a bolsa, e olhou para as luvas sobre o balcão. Mas todas eram grandes demais – sempre grandes demais no pulso.

"Com botões de pérola", disse a atendente, que nunca parecera tão velha. Desdobrou as folhas de papel de seda sobre o balcão. Com botões de pérola, pensou Clarissa, nada mais simples – nada mais francês!

"Madame tem mãos tão finas", disse a atendente, calçando a luva com firmeza, com suavidade, por cima dos anéis dela. E Clarissa contemplou seu braço no espelho. A luva mal chegava até o cotovelo. Havia alguma outra com um centímetro a mais? Mas não queria incomodá-la – talvez fosse aquele dia do mês, pensou Clarissa, quando ficar de pé é uma agonia. "Ah, não se incomode", disse ela. Mas as luvas já tinham sido trazidas.

"A senhora não fica pavorosamente cansada de pé?", disse, com sua voz encantadora. "Quando tira férias?"

"Em setembro, madame, quando não há tanto movimento."

Quando nós estamos no campo, pensou Clarissa. Ou caçando. Mas ela passa quinze dias em Brighton. Em alguma pousada abafada. A dona esconde o açúcar. Nada seria mais fácil do que enviá-la para a casa de Mrs. Lumley no campo (e já estava a ponto de dizê-lo). Mas então se lembrou de que na lua de mel Dick lhe fizera ver como é tolo dar impulsivamente. Era muito mais importante, disse ele, estabelecer comércio com a China. Naturalmente ele tinha razão. E ela sentia que a garota não gostaria que lhe dessem as coisas. Ali ela estava em seu lugar. Como Dick. Seu trabalho era vender luvas. Ela levava suas tristezas à parte, "e agora já não pode chorar, já não pode chorar", as palavras correram pela sua cabeça, "do contágio da lenta mácula da terra", pensou

Clarissa, estendendo rigidamente o braço, pois há momentos que parecem absolutamente fúteis (a luva foi retirada, deixando-lhe o braço salpicado de talco) – simplesmente não acreditamos mais, pensou Clarissa, em Deus.

O trânsito subitamente estrondou; as meias de seda se iluminaram. Entrou uma cliente.

"Luvas brancas", disse ela, com um tom de voz familiar a Clarissa.

Antes, pensou Clarissa, era tão simples. Caindo, caindo pelos ares vinha o grasnido das gralhas. Quando Sylvia morreu, há centenas de anos, as sebes de teixo pareciam tão lindas com suas teias de diamante sob a névoa de manhã cedinho, antes da primeira hora da igreja. Mas e se Dick morresse amanhã?, e quanto a acreditar em Deus – não, ela deixaria que as crianças escolhessem, mas quanto a ela, tal como Lady Bexborough, que inaugurou o bazar, dizem, com o telegrama na mão – Roden, seu preferido, morto –, ela seguiria em frente. Mas por quê, se não acreditamos mais? Pelos outros, ela pensou, segurando a luva. A garota seria muito mais infeliz se não acreditasse.

"Trinta xelins", disse a atendente. "Não, perdão, madame, trinta e cinco. As luvas francesas são mais caras."

Pois não se vive para si, pensou Clarissa.

E então a outra cliente apanhou uma luva, enfiou-a com um puxão e ela se rasgou.

"Olhe aí!", exclamou ela.

"Um defeito do couro", disse a mulher grisalha apressadamente. "Às vezes é um pingo de ácido no curtume. Prove este par, madame."

"Mas é uma gatunice pedir duas libras e dez!"

Clarissa olhou para a cliente; a cliente olhou para Clarissa.

"As luvas nunca mais foram confiáveis depois da guerra", disse a atendente, em tom de desculpas, para Clarissa.

Mas onde ela tinha visto a outra senhora? – idosa, com dobras sob o queixo; uma fita preta nos óculos dourados; sensual, inteligente, como um desenho de Sargent.[7] Como é possível saber só pela voz quando as pessoas têm o hábito, pensou Clarissa, de fazer os outros – "Está um tantinho apertada", disse ela – obedecerem. A atendente tornou a sair. Clarissa ficou aguardando. Não temas mais, repetiu, tamborilando o dedo no balcão. Não temas mais o calor do sol. Não temas mais, repetiu. Havia manchinhas

---

7 John Sargent, artista americano que pintou diversos retratos das damas da alta sociedade. [N. T.]

castanhas em seu braço. E a moça arrastava-
-se como uma lesma. Cumpristes teu dever
neste mundo. Milhares de rapazes tinham
morrido para que as coisas pudessem seguir
em frente. Até que enfim! Um centímetro
acima do cotovelo; botões de pérola; cinco
e um quarto. Minha querida lerda, pensou
Clarissa, acha que posso ficar aqui sentada
a manhã inteira? Agora vai demorar vinte e
cinco minutos para trazer meu troco!

Houve uma explosão violenta lá fora na
rua. As atendentes das lojas se abaixaram
atrás dos balcões. Mas Clarissa, sentada empertigadíssima, sorriu para a outra senhora.
"Miss Anstruther!", exclamou.

NOTA SOBRE A TRADUTORA

Ana Carolina Mesquita, tradutora, é doutora em Letras pela Universidade de São Paulo (USP) e autora da tese que envolveu a tradução e análise dos diários de Virginia Woolf. Foi pesquisadora visitante na Columbia University e na Berg Collection, em Nova York, onde estudou modernismo britânico e trabalhou com os manuscritos originais dos diários. É dela também a tradução do ensaio *Um esboço do passado* (2020), bem como de *A morte da mariposa* (2021), *Pensamentos de paz durante um ataque aéreo* (2021), *Sobre estar doente* (2021, cotradução com Maria Rita Drumond Viana), *Diário I, 1915-1918* (2021) e *Diário II, 1919-1923* (2022), todos publicados pela Editora Nós.

Dados Internacionais de Catalogação na Publicação (CIP)
de acordo com ISBD

W913m
Woolf, Virginia
    Mrs. Dalloway em Bond Street / Virginia Woolf
    Título original: *Mrs. Dalloway in Bond Street*
    Tradução: Ana Carolina Mesquita
    São Paulo: Editora Nós, 2022
    48 pp.

ISBN: 978-65-86135-68-8

1. Literatura inglesa. 2. Contos. 3. Virginia Woolf.
I. Mesquita, Ana Carolina. II. Título.

	CDD 823.91
2022-1445	CDU 811-3

Elaborado por Odilio Hilario Moreira Junior, CRB-8/9949

Índice para catálogo sistemático:
1. Literatura inglesa: Contos 823.91
2. Literatura inglesa: Contos 821.111-3

© Editora NÓS, 2022

Direção editorial SIMONE PAULINO
Editora RENATA DE SÁ
Assistente editorial GABRIEL PAULINO
Projeto gráfico BLOCO GRÁFICO
Assistente de design STEPHANIE Y. SHU
Preparação ANA LIMA CECILIO
Revisão ALEX SENS
Produção gráfica MARINA AMBRASAS
Coordenadora de marketing MICHELLE HENRIQUES
Assistente comercial LOHANNE VILLELA

Imagem de capa e p. 16:
Mostruário de uma vitrine em Bond Street.
© Kurt Huebschmann / Ullstein Bild, GRANGER.

*Texto atualizado segundo o novo
Acordo Ortográfico da Língua Portuguesa.*

Todos os direitos desta edição
reservados à Editora NÓS
Rua Purpurina, 198, cj 31
Vila Madalena, São Paulo, SP | CEP 05435-030
www.editoranos.com.br

Fontes GALAXIE COPERNICUS, TIEMPOS
Papel PÓLEN BOLD 90 g/m²
Impressão MARGRAF